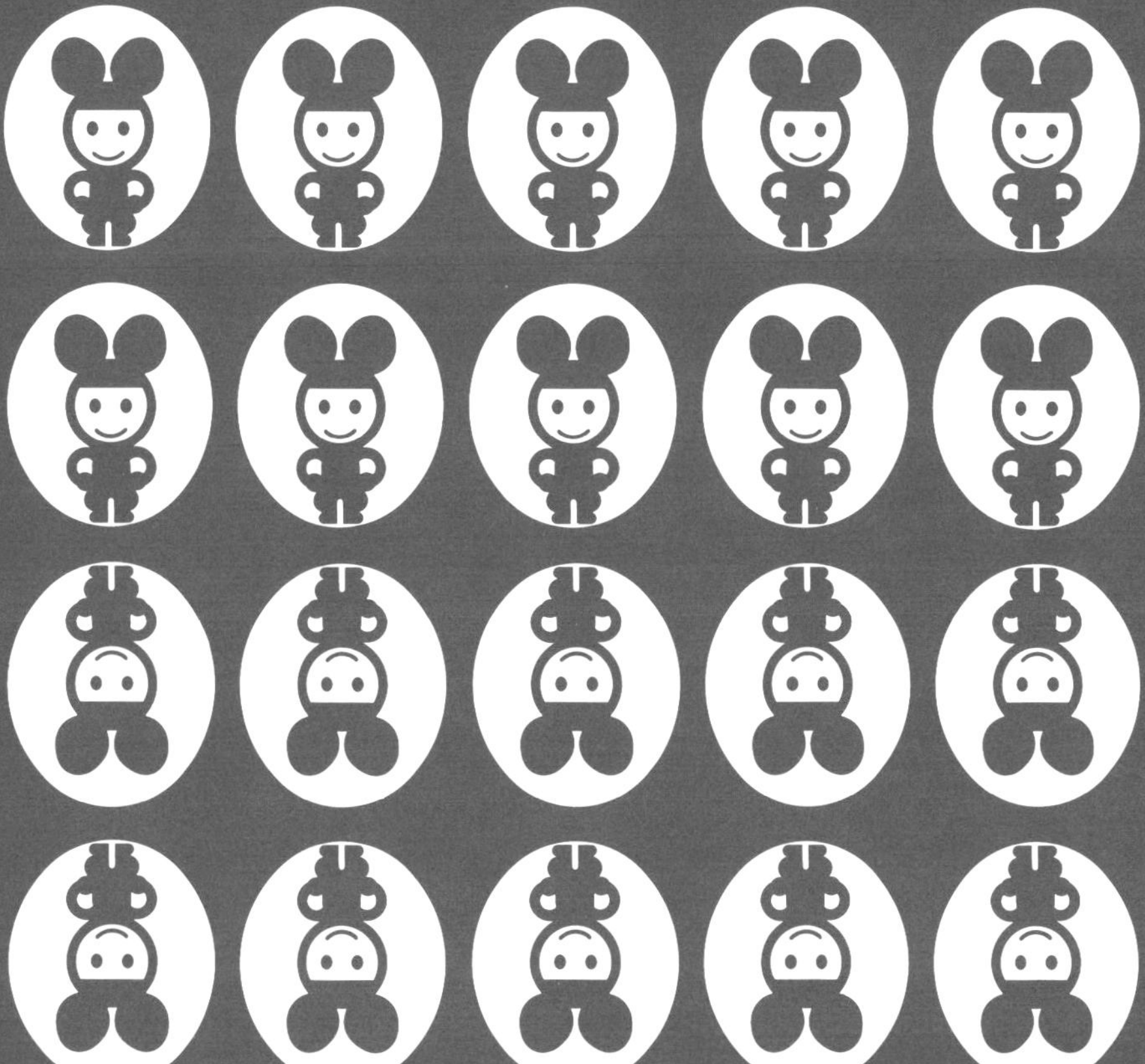

どうぶつの おばけずかん

斉藤《さいとう》 洋《ひろし》・作　宮本《みやもと》えつよし・絵

ばけねこ……4
りゅうぐうがめ……14
からすのダーメ……24

おばけずかん
日本一

ばけねこ

まえから　あるいて　きた　ねこが
いきなり　二《に》ほんあしで　たちあがり、
まえあしを　わっと　おおきく　ひろげたら、
それは　まちがいなく　ばけねこです。

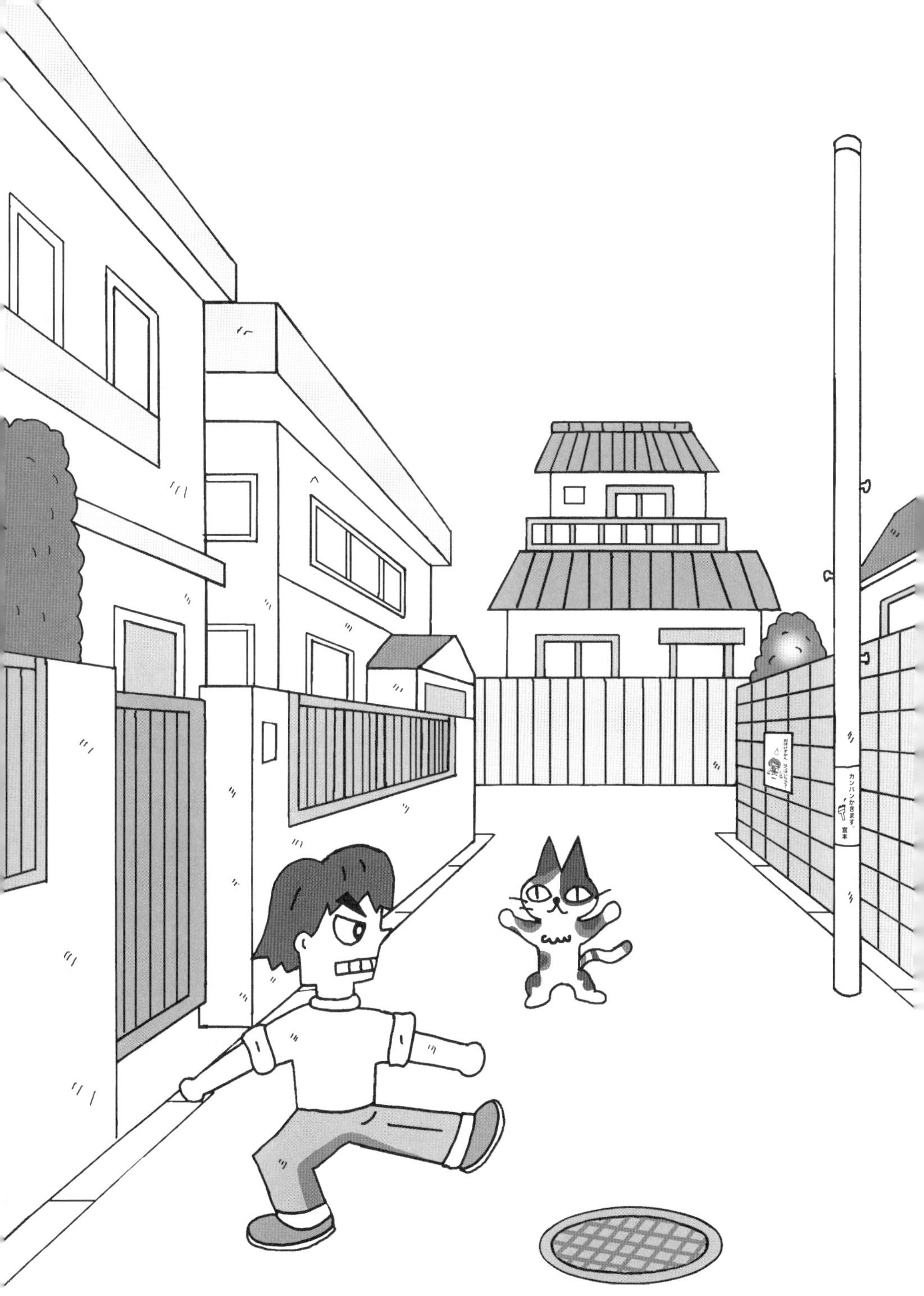
カンバンかきます。
宮本

へんな　ことを　する　ねこだなあ、
なんて　おもって、のんきに　して　いる
ばあいでは　ありません。
たちまち　ばけねこは　とらくらいの
おおきさに　なり、めは　つりあがって、
くちは　おおきく　よこに　さけます。

ニャ〜

こう　なったら、もう　ておくれです。
ばけねこに　にらまれたら、もう　からだは
うごきません。
ばけねこは、するどい　つめを　だし、
なにかを　たぐりよせるように、
りょうまえあしを　じゅんばんに　まえに
だしたり、てまえに　ひいたり……。

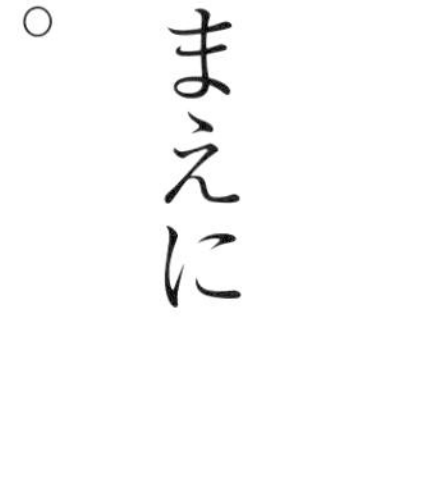

宮本

そう　なったら、ぐんぐん　ばけねこに
ひきよせられ、ついには、あたまから　ガブリ！
五《ご》ふんごには、かみのけの　ほか　すべて
ばけねこの　おなかの　なかです。
もちろん、ぼうずあたまの　ひとなら、
かみのけも　のこりません。

でも、だいじょうぶ！
ばけねこが　ねらうのは、じぶんや
じぶんの　かいぬしを　いじめた
ひとたちだけです。
ねこや　かいぬしを　いじめなければ、
だいじょうぶ！
なかよく　すれば、もっと　だいじょうぶ！

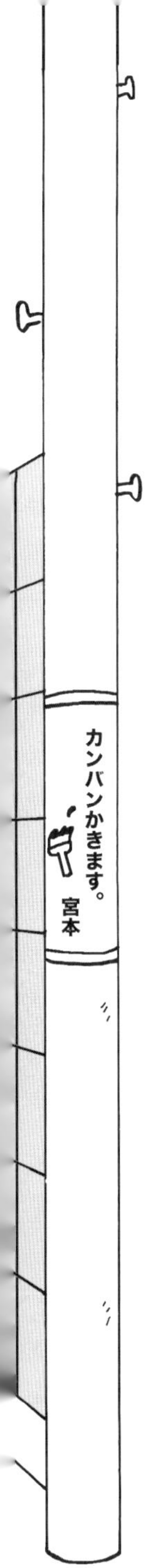

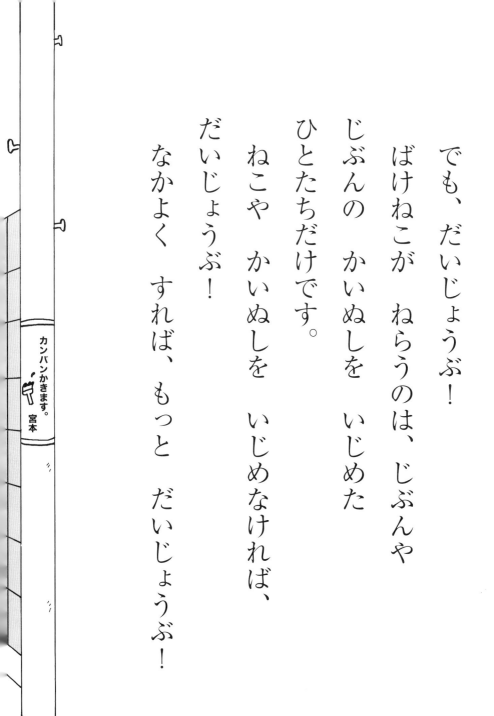

おばけずかん　はつばいちゅう！

りゅうぐうがめ

はまべで　いじめられて　いる　かめを
たすけると、つぎの　ひ、その　かめが
やって　きて、たすけた　ひとに
おれいを　いう　ことが　あります。

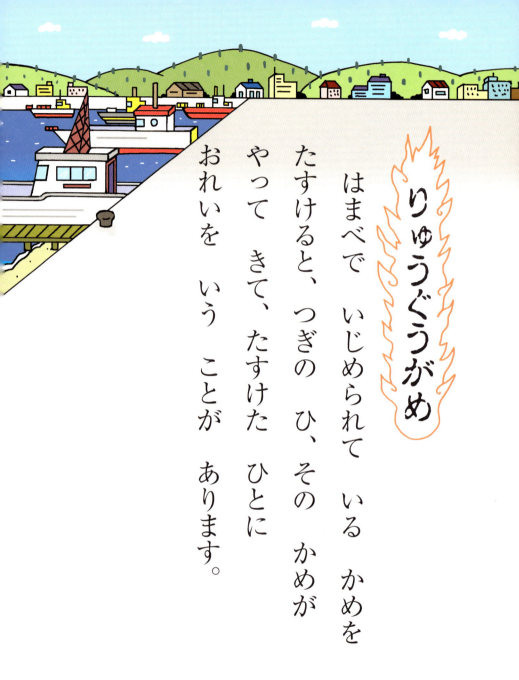

いやあ、きのうは　どうも　ありがとう　ございました。
おれいに、おもしろい　ところに、おつれいたしましょう。
わたしの　せなかに　おのりください！

でも、ついて　いっては　いけません。
「いえ。あたりまえの　ことを　しただけです。
おれいには　およびません。」
と　いって、たちさりましょう。
「そうかい？　そりゃ、わるいねえ。」
なんて　いって、かめに　またがって、
ぶじに　かえって　きた　ひとは　いません。

かめは、　おもしろい　ところに
つれて　いくとは　いいましたが、　ぶじに
もどれるとは　いって　いません。
たしかに、　いきさきは　おもしろい
ところかも　しれません。

たまに、かえって　くる　ひとも　います。
でも、その　ときには　なん百《びゃく》ねんも
たって　いて、しりあいは　だれも　いません。
おみやげの　はこを　あけると、あやしい
けむりが　もくもく　もくもく。
その　けむりの　せいで、たちまち
としよりに　なって　しまうのです。

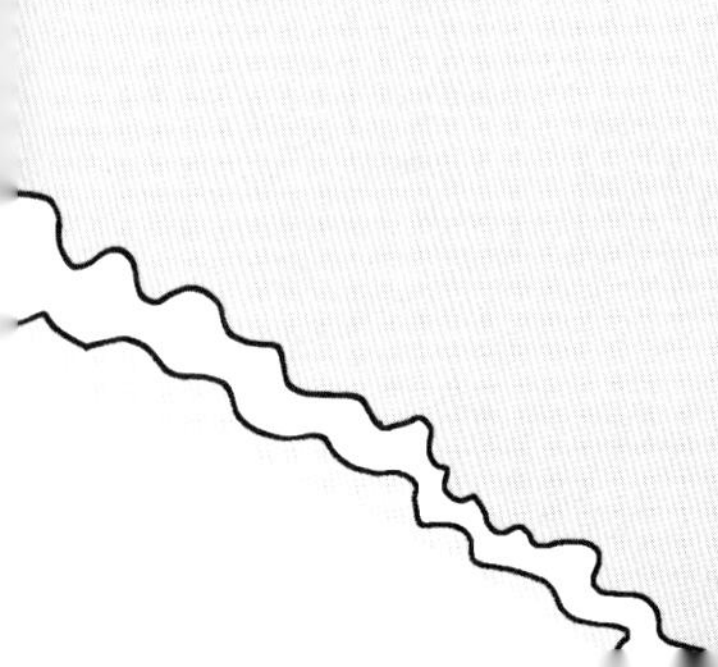

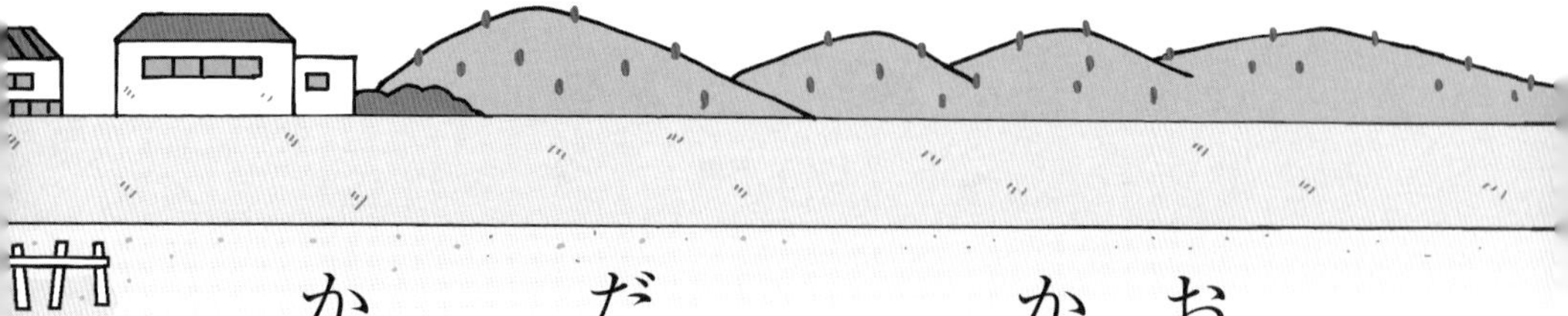

かめを　たすけたくらいで、そんなに
おもしろい　ところに　いけて、ぶじに
かえって　こようなんて、よくばりです。
でも、だいじょうぶ！
かめの　せなかに　のらなければ、
だいじょうぶ！
しらない　ひとと、しってる
かめには　ちゅういしましょう。

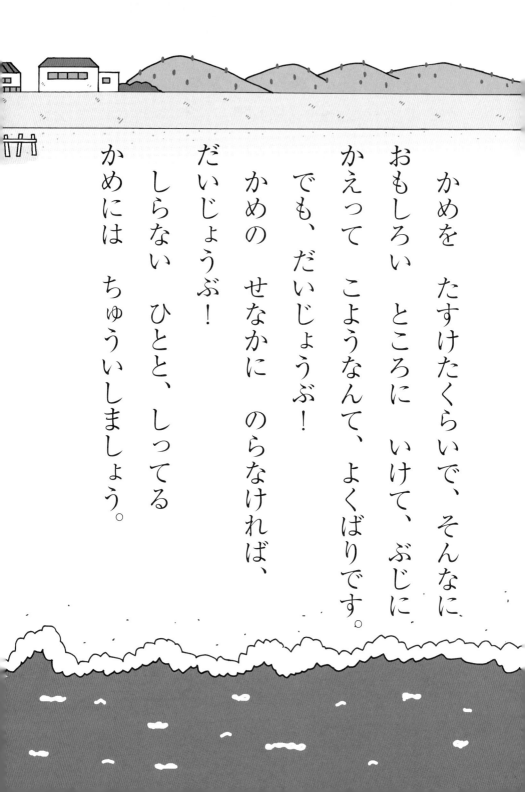

ノー!

からすのダーメ

しんぱいな　ことが　あったり　して、
まどべで、　たとえば、
「あしたの　テスト、　だいじょうぶかなあ。」
などと、　ひとりごとを　いって　いると……、

ごうかに　きかざった　からすが　まどべに
とんで　くる　ことが　あります。
それが　からすのダーメです。
からすのダーメは、ひとこえ、
「ダーメ！」
と　ないてから、いやな　ことを　いろいろと
いいます。

あしたの　テストは　ダーメ！
うちに　かえって　きても、おやつは　ダーメ！
ばんごはんも、ダーメ　ダーメ、ダーメ！

それを　きいて、がっかりして　いると、
からすのダーメは　ちょうしに　のって、
どんどん　いやな　ことを　いいつづけます。

あさっても、しあさっても、ダーメ。いつでも、ダーメ。
おまえの　みらいは、わたしと　おなじ。
まっくら、まっくろ！　みんな、ダーメ！
なにを　やっても、なんでも、ダーメ！

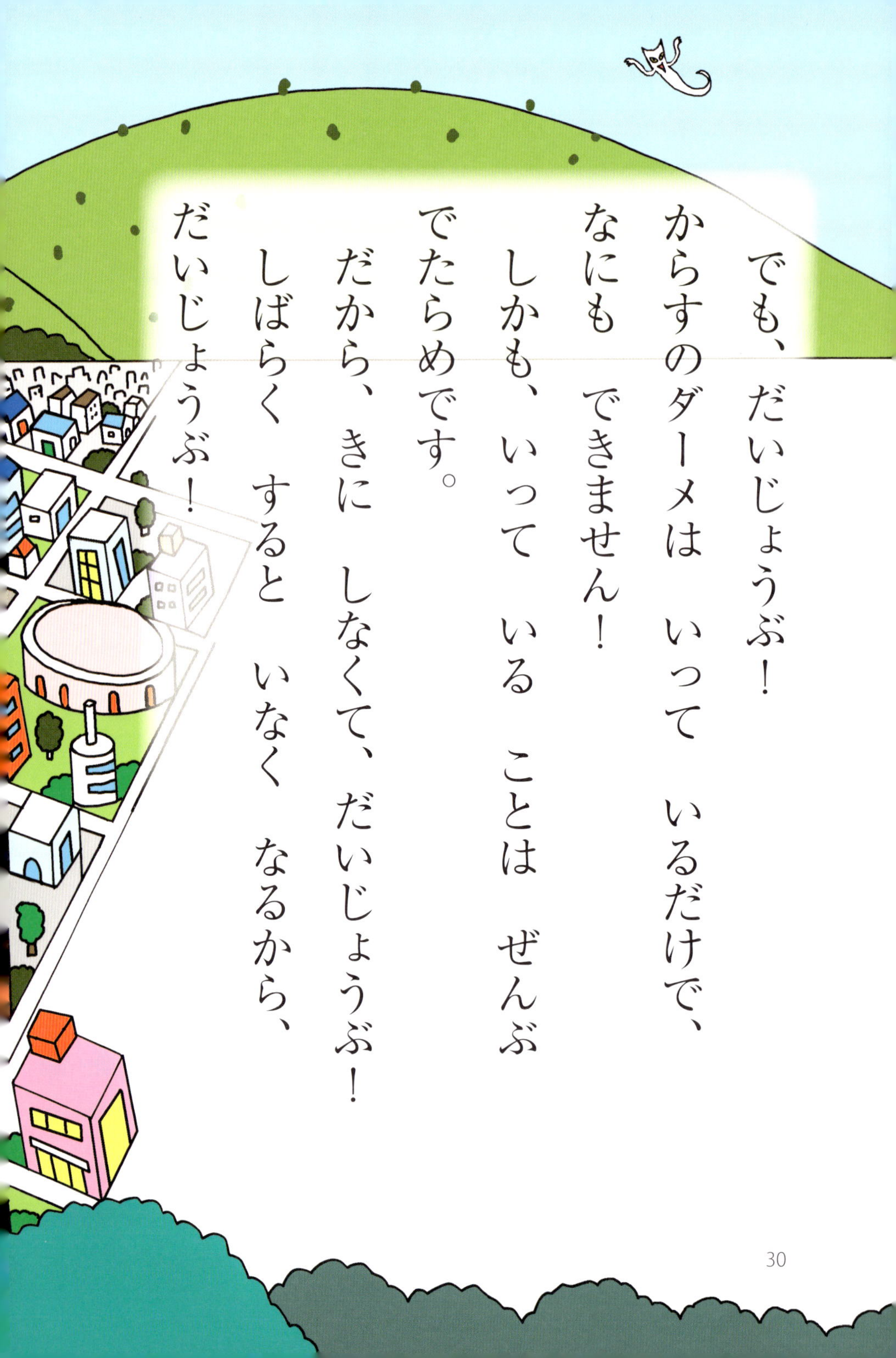

でも、だいじょうぶ！
からすのダーメは　いって　いるだけで、
なにも　できません！
しかも、いって　いる　ことは　ぜんぶ
でたらめです。
だから、きに　しなくて、だいじょうぶ！
しばらく　すると　いなく　なるから、
だいじょうぶ！

十《じゅう》ねん　たっても、
ダーメ、ダーメ！　百《ひゃく》ねん
たっても、ダーメ、ダーメ！
千《せん》ねん　たっても……。
バイバイ

からすのダーメに　いやみを　いわれ、
いしなんか　なげると、こちらが　きに　して
いると　おもって、からすのダーメは
かえって　よろこびます。
ほうって　おくのが　いいのです。
くらい　ひとりごとを　いわなければ、
はじめから　だいじょうぶ！

べんきょうしたし、あしたの　テストは　ばっちりよ！
つまんない。これじゃあ、こっちが　ダーメ、ダーメ……。

かけっこソッピー

うんどうかいが　ちかづくと、がっこうの
かえりみち、うしろから、
「おい、おれと　かけっこしねえか。」
と　こえを　かけられる　ことが　あります。
ふりむいて、そこに　うさぎが　いれば、
それは　かけっこソッピーです。

ことわると、かけっこソッピーは
いつまでも　つきまとい、うちまで
ついて　きます。そして、つぎの　ひも、
まちぶせして、しつこく、
「おまえの　うちまで、かけっこしようぜ。」
と　さそって　きます。
それで、もし　かけっこを　して、
かけっこソッピーに　まけると……。

おせえんだよ、おめえ。
斉藤
ピタッ!

かけっこソッピーは　うんどうかいで、
ありとあらゆる　じゃまを　して　きます。

コチョ
コチョ

かけっこソッピーは　あしが　すごく
はやいので、オリンピックせんしゅでも
かないません。
では、どう　するか？
かけっこに　さそわれたら、うけて　たち、
ようい　ドン！
かけっこソッピーは　すぐに　ダッシュ！

ドー

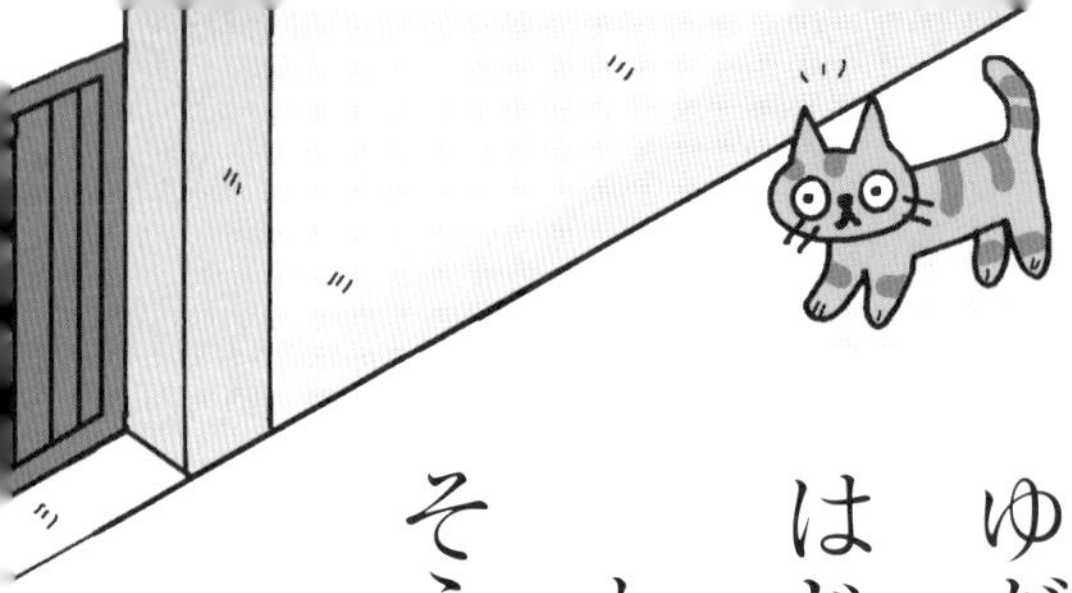

でも、あわてては　いけません。
わざと　ゆっくり、あるくより　おそい
スピードで　いきましょう。
すると、とちゅうで　かけっこソッピーは
ゆだんして、ゴールの　まえで　いねむりを
はじめます。
　ねむって　いる　かけっこソッピーの　よこを
そうっと　とおって、ゴール！

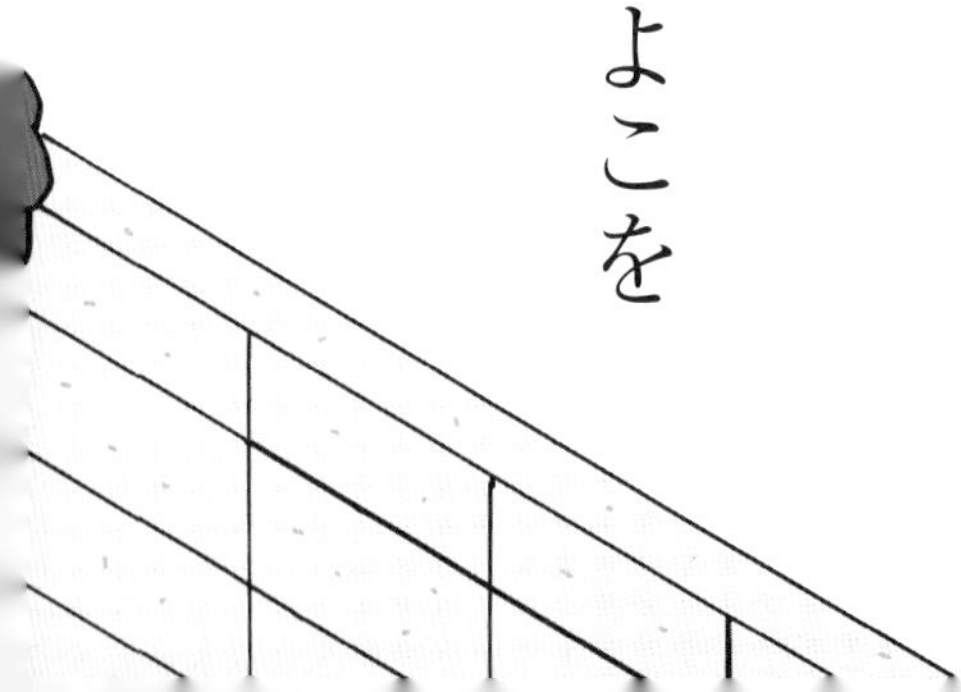

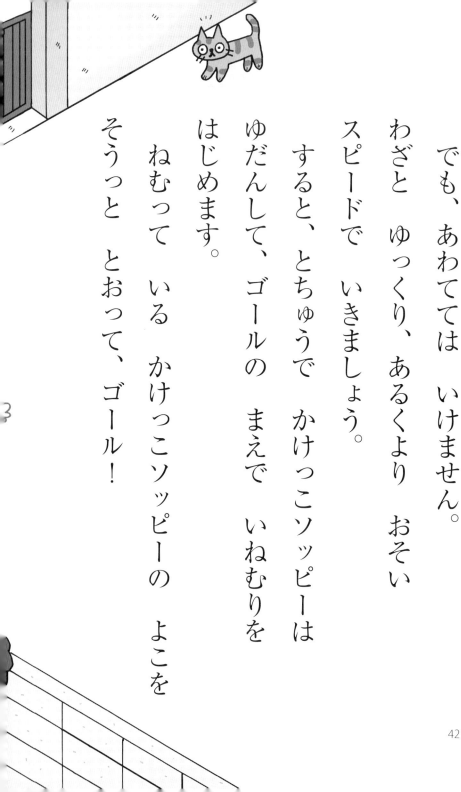

ZZZ…

かけっこソッピーは、かけっこで
たくさん　さが　つくと、ゆだんして、
いねむりを　する　くせが　あるのです。
むかし、それで　かめと　きょうそうして、
まけた　ことも　あります。
ゆだんを　させれば、だいじょうぶ！
これで、うんどうかいも　だいじょうぶ！

ももたろういぬ

カバンや　ポケットの　なかに、　おにぎりや
おかしを　いれて　あるいて　いると、　とつぜん
まちかどに　しろい　いぬが　あらわれる
ことが　あります。

おばけずかんは、おもしろい！
ルドルフ
と
イッパイアッテナ
日本一
びょういん

その　いぬが、くびわの　かわりに
はちまきを　して　いて、しかも　そこに、
〈日本一《にっぽんいち》〉と　かんじで　かいて　あれば、
それは　ももたろういぬです。
ももたろういぬは　にこにこ
おせじわらいを　しながら、ちかよって　きます。
そして、はなしかけて　くるのです。

だんな。なにか　たべる　もの、もってやせんか？
日本一

「もってない。」

と　うそを　ついても、いぬは　はなが
いいから、すぐに　わかって　しまいます。
うそを　つくと、いきなり　きばを
むきだし、ガブリと　かみついて　きます。
ももたろういぬに　かまれると、あたまに
つのが　はえ、おにに　なって　しまいます。

ガブッ
日本一
OBAKE

おにの　かおに　なりたく　なかったら、
「もって　いるよ。すこし　あげようか。」
と　いって、ひとくちぶんで　いいから、
ももたろういぬに　わけて　あげましょう。
すると、ももたろういぬは　その　ばで
それを　たべて、こんな　ふうに　いいます。

だんな。
おれいに　なにか　おてつだい
いたしやしょう。
日本一

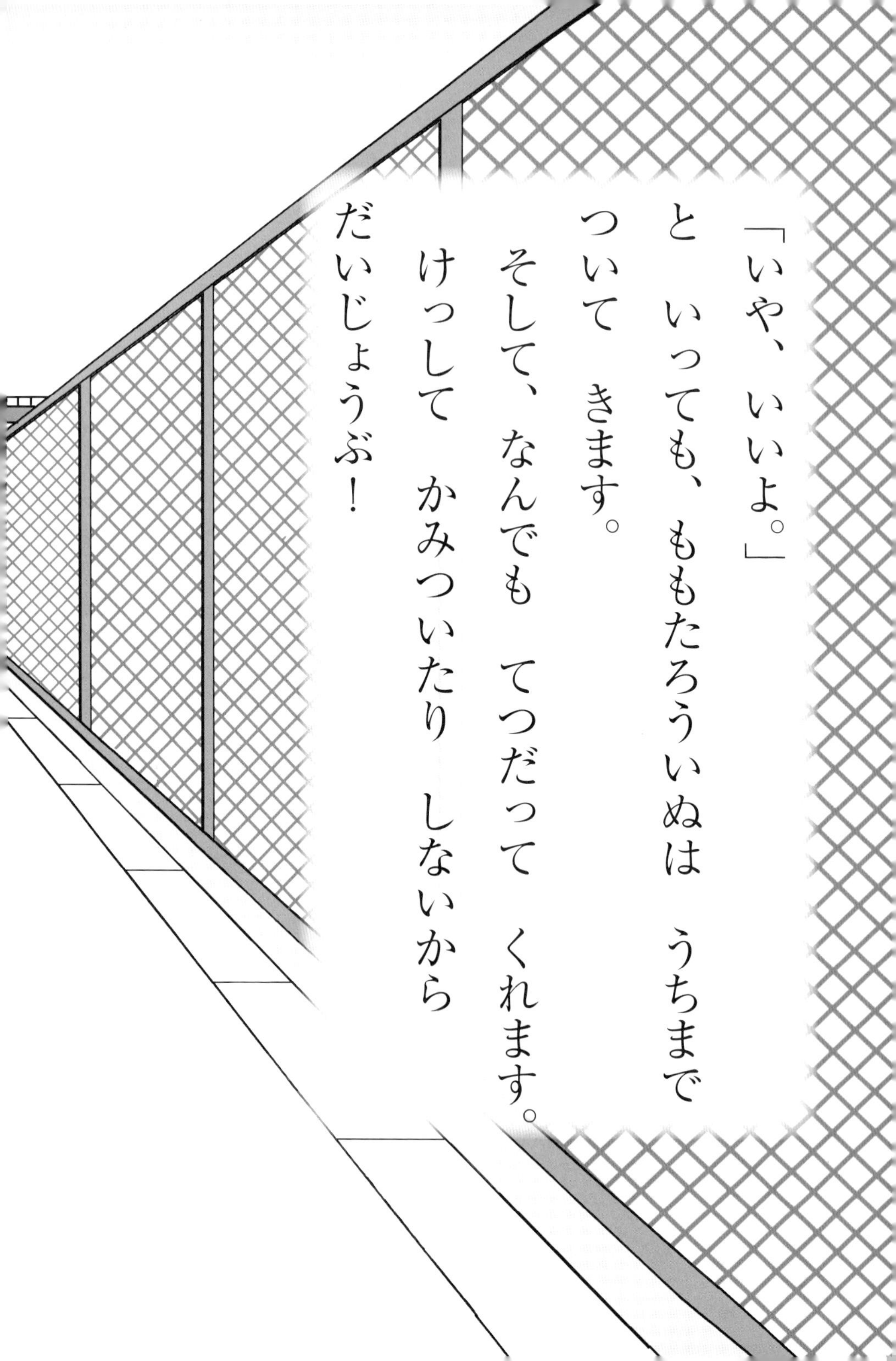

「いや、いいよ。」
と　いっても、ももたろういぬは　うちまで
ついて　きます。
そして、なんでも　てつだって　くれます。
けっして　かみついたり　しないから
だいじょうぶ！

日本一

でも、おてつだいは　その　ひの　よるの
十《じゅう》二《に》じまで。
十《じゅう》二《に》じを　すぎると　ももたろういぬは
きえて　しまいます。
でも、それまでは、どんな　ことでも
てつだって　くれます。
これで、しゅくだいも　だいじょうぶ！

だんな。こんな　さんすう、あっしには
かんたんすぎますぜ。もっと、むずかしいのは
ねえんですかい？　だいがくの　さんすうとか。
がっこうの
おばけずかん
日本一

しいくごやのヒジリーさん

がっこうの　しいくごやの　そうじを
きちんと　しなかったり、どうぶつの
めんどうを　ちゃんと　みて　いないと……。
ゆうがた、しいくごやの　なかに、
あやしい　かげが　ぼんやりと……。

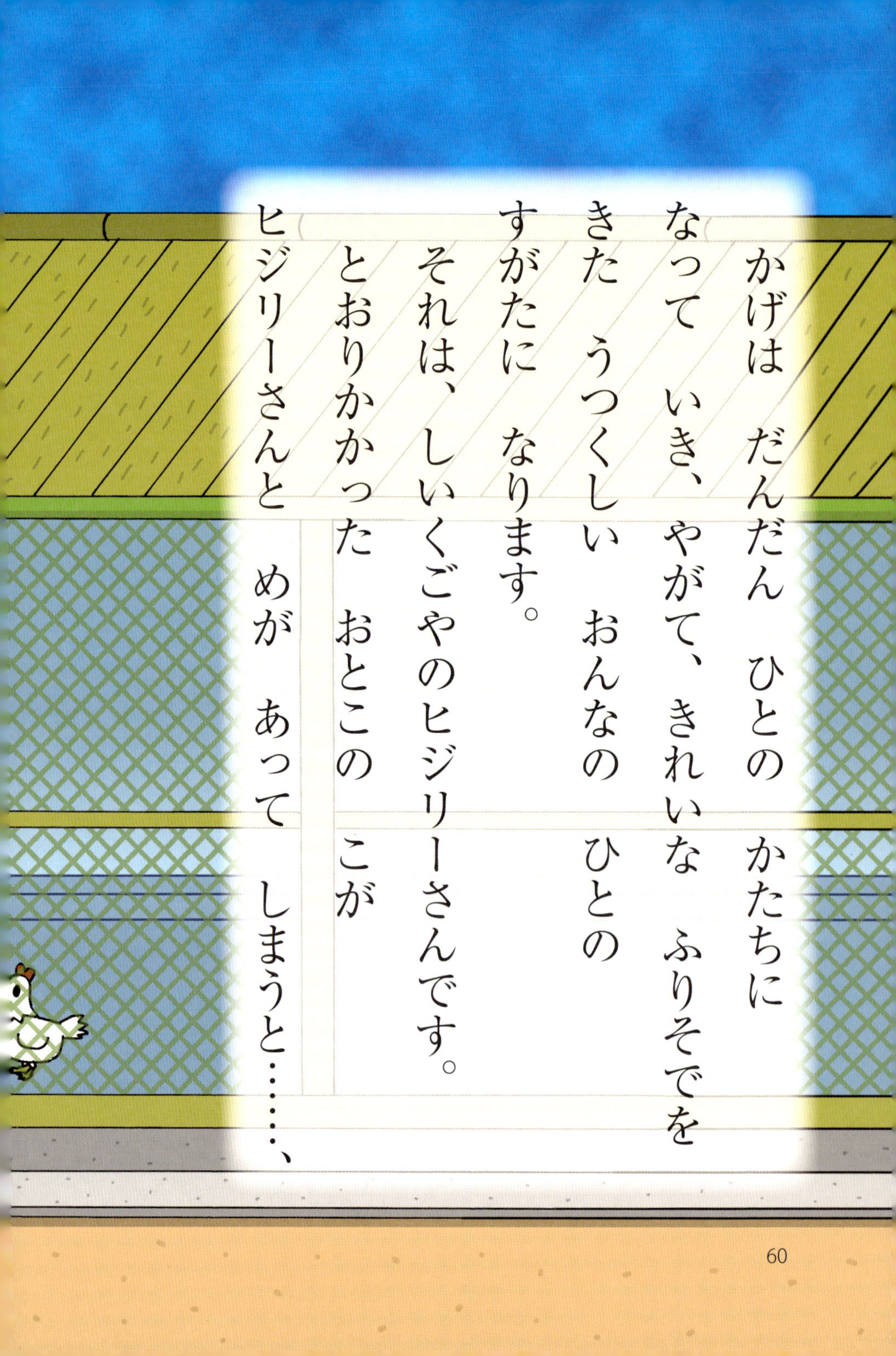

かげは　だんだん　ひとの　かたちに
なって　いき、やがて、きれいな　ふりそでを
きた　うつくしい　おんなの　ひとの
すがたに　なります。
それは、しいくごやのヒジリーさんです。
とおりかかった　おとこの　こが
ヒジリーさんと　めが　あって　しまうと……、

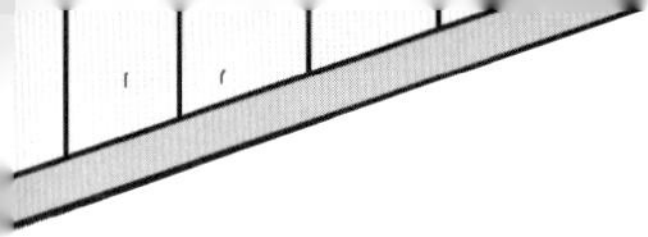

きゅうに　どうぶつの　せわが　したく　なり、
しいくごやの　そうじや　えさやりを
しはじめます。
すっかり　どうぶつの　せわが　おわると、
ゆめから　さめたように、しいくごやから
でて　いき、じぶんの　した　ことは　ぜんぶ
わすれて、なにも　おぼえて　いません。
だから、だいじょうぶ！

こどもの　ばあいは、それで　すみます。
でも、おとなだと、とくに　わかい
おとこの　せんせいだと、そうは　いきません。
ヒジリーさんと　めが　あった　しゅんかん、
ぼうっと　して、しいくごやに　はいり、
どうぶつの　せわを　はじめる　ところまでは
おなじです。

でも、その　あとが　ちがうのです。
すっかり　どうぶつの　せわが　おわっても、
せんせいは　しいくごやから　でて　きません。
よるに　なっても　でて　きません。
あさに　なって　みに　いくと……、

どうぶつの　おばけずかん
こうひょう　はつばいちゅう！

しいくごやには、どうぶつの　ほか、
だれも　おらず、せんせいの　ふくだけが
のこって　います。
そうそう、ひとつだけ、かわった　ことが
あります。
いままで　いなかった　アヒルが　一《いち》わ
ふえて　いるのです。
へってるのでは　ないから、だいじょうぶ！

おんなの　こや、おとなでも　おんなの
ひとには、ヒジリーさんは　みえません。
みえない　あいてとは、めと　めが
あわないから、だいじょうぶ！
いつでも、どうぶつの　せわが　きちんと
して　あれば、ヒジリーさんは　あらわれません。
だから、はじめから　だいじょうぶ！

ねこばけ

ねこばけは　ばけねことは　ちがいます。
ねこばけの　しょうたいは　わかりません。
わかって　いるのは、なにものかが　ふつうの
ねこに　ばけて　いる　ことだけです。

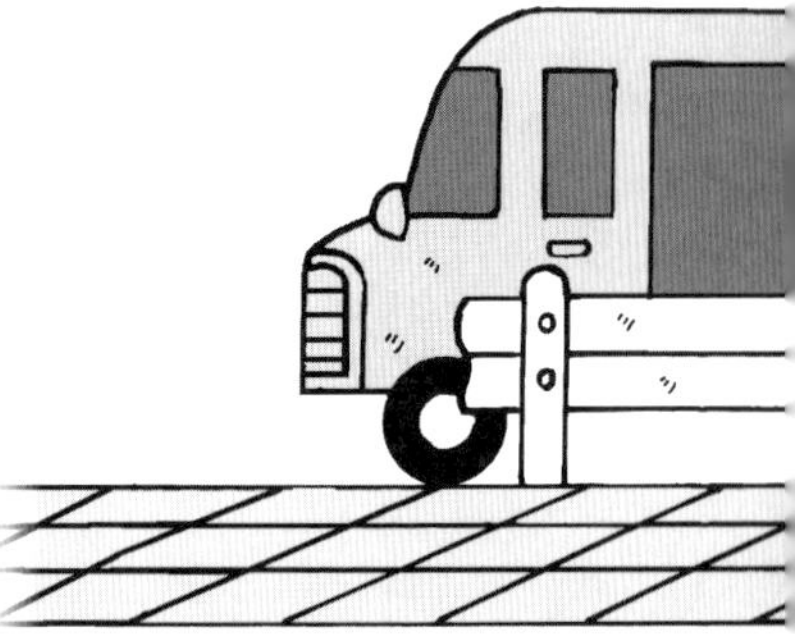

ねこばけと　ふつうの　ねこの　くべつは
できません。
する　ことは、ふつうの　ねこと　おなじです。
ときどき、かって　いる　ねこと
すりかわって　いる　ことが　あります。
でも、すりかわった　ことに　だれも
きづきません。

しばらく　すると、また　もとの　ねこと
いれかわるから、だいじょうぶ！
ねこばけに　にて　いる　おばけに、
パパばけと　ママばけが　います。
する　ことは　ねこばけと　おなじだから
だいじょうぶ！
いつか　もとに　もどるから、
だいじょうぶ！

作者・斉藤　洋
〔さいとうひろし〕

昭和二十七年、東京生まれ。おもな作品に、「ペンギン」シリーズなど。ひとや、もののおばけがいるように、どうぶつのおばけもいるのです。つぎは、びょういんのおばけです。

画家・宮本えつよし
〔みやもとえつよし〕

昭和二十九年、大阪生まれ。おもな作品に、「キャベたまたんてい」シリーズなど。でてくるどうぶつたちとはなしてみたいきがしますが、やはりめんどうくさそうなのでいいです。

シリーズ装丁・田名《たな》網《あみ》敬一《けいいち》

どうわがいっぱい⑩⑧

どうぶつのおばけずかん

2016年2月24日　第1刷発行
2020年3月10日　第9刷発行

作者　斉藤《さいとう》　洋《ひろし》
画家　宮本《みやもと》えつよし

発行者　渡瀬昌彦
発行所　株式会社 講談社
東京都文京区音羽2-12-21(郵便番号112-8001)
電話　編集　03(5395)3535
　　　販売　03(5395)3625
　　　業務　03(5395)3615
N.D.C.913　78p　22cm
印刷所　株式会社 精興社
製本所　島田製本株式会社
本文データ作成　脇田明日香

ISBN978-4-06-199608-3

おばけずかんシリーズ

斉藤 洋・作
宮本えつよし・絵

うみの
おばけずかん

やまの
おばけずかん

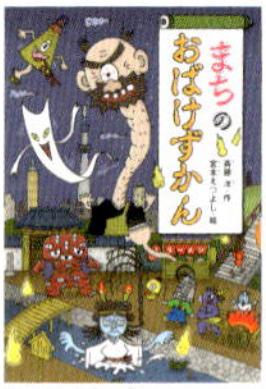
まちの
おばけずかん

がっこうの
おばけずかん

がっこうの
おばけずかん
ワンデイてんこうせい

がっこうの
おばけずかん
あかずのきょうしつ

いえの
おばけずかん

がっこうの
おばけずかん
おきざりランドセル

のりもの
おばけずかん

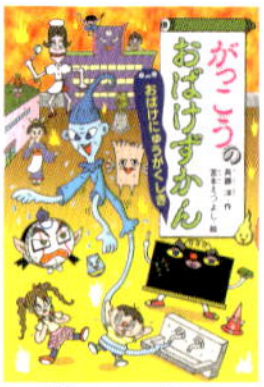
がっこうの
おばけずかん
おばけにゅうがくしき

いえの
おばけずかん
ゆうれいでんわ

どうぶつの
おばけずかん

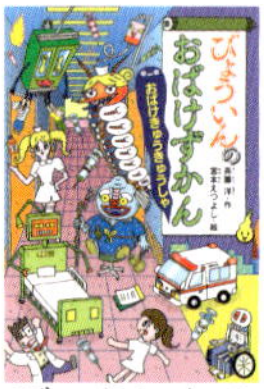
びょういんの
おばけずかん
おばけきゅうきゅうしゃ

いえの
おばけずかん
おばけテレビ

びょういんの
おばけずかん
なんでもドクター

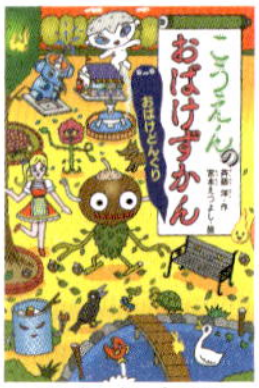
こうえんの
おばけずかん
おばけどんぐり

いえの
おばけずかん
ざしきわらし

オリンピックの
おばけずかん

みんなの
おばけずかん
あっかんべぇ

こうえんの
おばけずかん
じんめんかぶとむし

オリンピックの
おばけずかん
ビヨヨンぼう

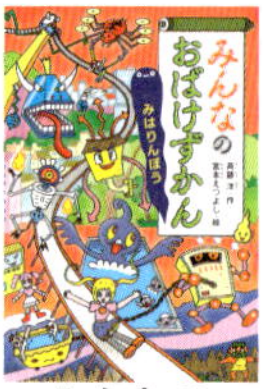
みんなの
おばけずかん
みはりんぼう

レストランの
おばけずかん
だんだんめん

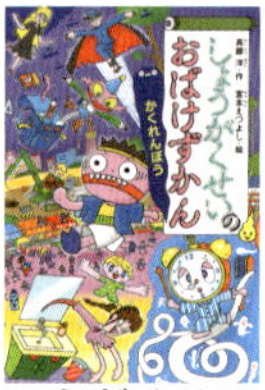
しょうがくせいの
おばけずかん
かくれんぼう

**えんそくの
おばけずかん**

2020年3月
刊行予定

**まだまだ
つづくよ!**

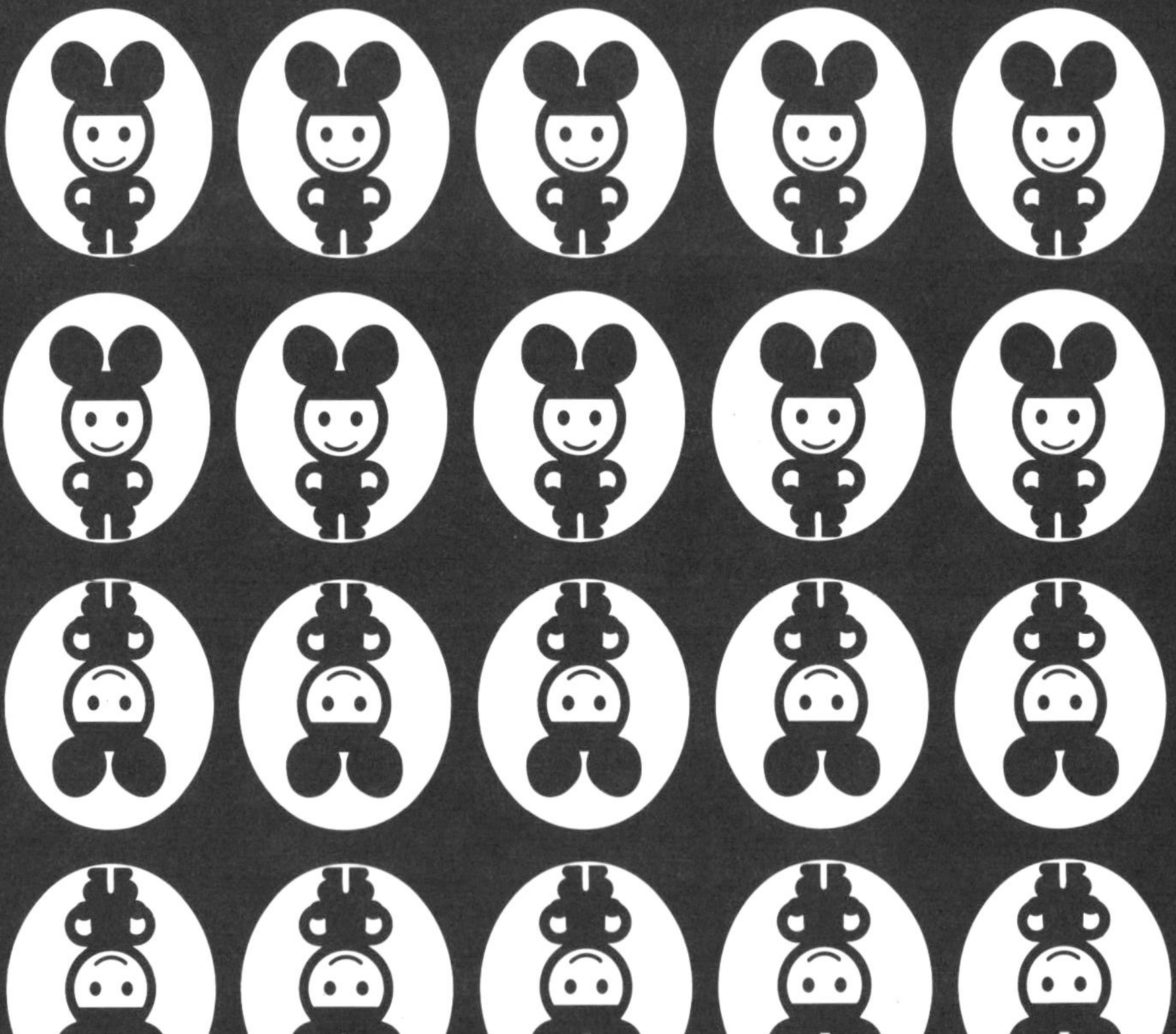